노곤하개

파이널 시즌 **11**

홍끼 글·그림

ＶｉＡＢＴＴ
ViaBook Publisher

랜선집사 모두 모이개!

반려동물을 키우는 건 굉장히 힘든 일입니다.

힘들고, 힘들고, 또 힘들어요.

매일같이 산책과 청소를 하고, 배설물을 치우고, 털을 빗겨주고,

밥은 물론, 간식도 잘 챙겨줘야 하고 시간을 내서 놀아줘야 하죠.

병원비는 어찌 그리도 많이 나오는지,

항상 영수증을 받고 깜짝 놀라곤 합니다.

많은 집사들은 이 말에 공감하고 계실 거예요.

반려동물은 사람과 같이 감정을 느끼고 나타내죠.

혼자 있으면 외로워하고, 집사가 놀아주지 않는다면 서운해해요.

그래서 언제나 내버려두지 않고, 같이 놀고 쉬고 모든 걸 공유해요.

그렇지만 언제나 반려동물과 함께하고 싶은 사람들도

반려동물을 선뜻 데려오지 못합니다.

생명을 책임진다는 건 너무 무거운 일이고
기를 수 있는 환경, 가족의 동의, 경제적 여유로움 등
너무 많은 것들을 따져봐야 하기 때문이죠.

맞아요. 반려동물 키우지 마세요, 너무 힘들어요.
그렇지만 '랜선집사'가 되는 건
여러분도 할 수 있어요!
재구, 홍구, 말랑구 그리고 줍줍, 욘두, 매미의
랜선집사가 되어주실 분들께 이 책을 바칩니다.

2021년 11월
멍냥집사 홍끼

차례

눈치 좀…

나는 우리 집 멍냥이들이
좀 더 눈치가 있길 바란다.

내가 멍냥이들에게
바라는 눈치는

1. 집사가 힘들면 알아서
고집 덜 부리는 눈치

2. 집사 물건을 깨부수기 전에
한번 더 집사를 생각해주는 눈치

이거 깨부수면
집사가 힘들겠다냐…

그걸 이제야
알았나요?

짝 짝

3. 자기 안 만졌다고
집사 인중 긁지 않는 눈치

읽앗!!!

아픈 곳인 건
어떻게 알았냐고!!!

말랑구 잘 들어라. 관심은
곱게 요구하는 거다.

말무룩…

멍냥이들은 이렇게 집사가
필요해 마지않는 눈치는 없지만

멍냥이들만의
눈치가 있다!

줍줍이와 매미는

딸깍

집사가 전기장판을
켜면 달려온다.

어떻게
알았냐고;;

빨리
따끈따끈!!!

고양이들 없지?
문 닫는다?

집사들은 추울 때
창문을 닫다가

꽁꽁꽁...
꽁꽁...!

뜻하지 않게 마당에
줍줍이를 가둘 때가 있는데

몇 번씩이나 추운 마당에
갇히기를 당해본 줍줍이는

잘 숨어 있다가도

어우, 춥다.
문 닫아야지.

드르륵...

앍!!!!!

나 아직
여깄다냐.

우다다 다다다

어... 어
미안... 몰랐어.

11

근데 어차피
문 다 닫는 거 아닌데

이만큼만
닫을 건데…

꿍꿍

아, 뭐야.
그런 거였냐.

문 다 안 닫은 거 확인하면
마당으로 다시 나가는 게 귀엽다.

깨깨깩 깩깩

흐뭇…

쌔앵

구들은 산책 가자는 소리에
요즘 의심의 눈초리를 보내지만

산책!

또 또
낚시한다.

양치기 소년
이시개?

미안. 놀리는 거
너무 재밌었다.
이번에는 진짜야…

꾸웅…

구들이 안 믿으면
겉옷을 입는 걸
보여주면 된다.

어?
진짠가 보개…!

그리고 마무리!
코로나 시대의 [산책 가자].

빨리 코로나
끝났으면 좋겠다.

또다시 편식

구들은 예전에 지금보다
3~4킬로가 적은

개들에게는
큰 차이!

아주 마른 몸매를
가지고 있었다.

운동량은 엄청난데

식사량은 굉장히 적은 데다
편식도 심해서

안 먹을
것이개!

편식을 고치고
살을 찌우기 위해

오늘부터 간식 없다.
사료만 먹는다.

집사가 드디어
개소리를…!

많은 방법을
시도해보곤 했었다.

구들은 역시나 사료를
먹지 않고 버티기 시작했고

저기요,
토핑은요…?

짜릿!

토핑 없으면
입도 안 댈 것이개.

그래.
그러시든지.

과연 얼마나
버틸 수 있을까!

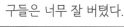

구들은 너무 잘 버텼다.

2일 차

ㄷㄷㄷㄷㄷ
ㄷㄷㄷㄷㄷ

진짜… 진짜
한 입도 안 먹을 거야?

한 입만
먹어보자.

힐끗

공복토

우웩!

안쓰러워···!
더 이상 못 보겠어!

이틀 내리 굶어도 끄떡없는 구들에게
집사들은 두 손 두 발 다 들었고

포기

솔직히 나도
맨날 똑같은 거
먹으라고 하면
못 견딘다.

이제야
사람 말을
하시네요!

아, 인정이죠.
구들도 맛있는 거
먹을 자격이 있다.

그냥 편식하더라도
맛있는 거 많이 찾아 먹여서
살을 찌워보자

왠지 갑자기 배가 고파졌다.

라는 생각으로
열심히 먹여본 결과!

치카
치카
치카

살은 안 찌고
치석만 늘었음

사료가… 맛있어…?

그렇게 찌우기 어려웠던 살이
중성화를 하고 나서는
바로 쪘다.

살을 찌우기 위해 노력했던
순간들이 무색하게도

포동 ♡

중간 정도만
찌지 그랬냐…

이제는 살을 빼야 하는
몸무게가 되어버린 것이다.

하지만 시간이 흐르고 재구는 또
편식이 심해지기 시작했는데

집사야 이거 봐라.
나 밥 안 먹음.

밥 안 먹으면
간식 많이 주겠지?

간식을
내놓으시개.

!!!!!

오히려 좋아.

아니, 잠깐
저기요?

살이 많이 쪄버린
재구의 식사 거부는

야, 재구야.
너 식이조절 잘한다.
난 못하는데.

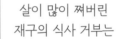

이제 더 이상 안쓰럽고
위험해 보이지 않았다.

18

이것 좀 보시개.

쬐끔만 먹고 말 것이개!

와그작

후두둑

그래그래 파이팅!

재구는 얼떨결에
편식도 좀 고치고

…??????

살도 적당히
빼고 말았다.

멍충…

고양이 마당

K-온돌냥이

매미는 마당냥이일 때
매일같이 낮 시간에

뜨끈~

뜨끈~

달궈진 돌바닥에서
일광욕을 즐기곤 했었는데

매미를 집냥이로
만들고 나서는

가장 좋아하던 순간을
뺏은 것 같다는 생각 때문에
마음이 편하지 않았었다.

그래서 오랜 고민 끝에
해가 드는 창문 밖으로

천장까지 막혀 있는
펜스를 달아주게 된 것이다.

펜스를 달고
고양이들은
엄청나게 좋아했지만

고로록!!!고로로록!!!

뒹구르~

더 빨리
만들어줄걸.

걱정되는 점이
하나 있었으니

음… 혹시라도
고양이들이

밖에 있는 길냥이들을 보고
스트레스를 받으면 어떡하지?

펜스를 사이에 두고
싸운다든가 하면????

그러다가
상처를 입으면??

하지만 걱정한 것과 달리 길냥이들은 펜스 가까이에 다가오기를 꺼려했다.

왤까.

그러게요 왤까.

다 다 다 다닥

홍줍줍 때문인 것 같지?

야! 일로 와봐.

제발 한 번만.

고양이만 지나가면 팔을 한껏 내밀고 있어요.

줍줍이를 무시하고 펜스 가까이 다가오는 고양이가 있어도

일로 와! 좀만 더!!!

오오오오옹…

그 뒤에는 말랑구가 있다.

멍!

제발…!!!!

딱밤 한 번만…!!!!

후다닥!

줍줍아, 도대체 손을 뻗어서 뭘 하고 싶은 거냐.

캣타워를
타고 올라

호옹

창문을 통해 들어가고
나오 수 있는 고양이 펜스는

말랑구가 애용하게 되었다.

아니, 그니까
캣타워 왜 쓰냐고.

고양이 펜스는
왜 또 쓰냐.

다 같이 일광욕도 함

너무 고양이들 사이에서
키워버린 걸까.

캣멍이가
되었어요.

정말 가끔씩 집 주변에서
길고양이들이 싸우곤 하는데

냐아아아악!

!!!!!

고양이 펜스가 생기고 난 후
구냥이들의 반응은

싸움 구경파

야! 싸움 났다!!!!
구경 ㄱㄱㄱ!!!!

우다다

다다다

뭔데 뭔데
나도.

뻥뻥이파

삐이잉… 삐이잉
휘이잉… 휘이잉…

후웅 후웅…

삑 삑…

니들이 왜
불안해해.

행동 풍부화

나는 우리 집 고양이들의
행동 풍부화를

중요하게 생각하고 있다.

집사를 바라보는 것밖에
할 게 없는 고양이들은

으음...

조금
안쓰럽지 않나...

그런고로 우리 집 고양이들은
여보를 바라보고 있는 걸
귀찮아한다는 점에서

할 게 정말 많다고
볼 수 있겠네요!

?????
왜 때려???

사람이든 동물이든
건전한 자극과 활동이 지속돼야

기다리고
기다리던~

건강해질 수 있다고
믿기 때문에

낚시 놀이 시간~!

고양이들이 즐겁게
움직일 만한 일들을
만들어주려고 하고 있다.

택배 박스 찢기!

짝!

짜란다
짜란다.

짝!

간식도 장난감에서 직접 꺼내 먹을 수 있게 해준다.

뒤적

뒤적

와 여보, 매미 손 쓰는 것 좀 보래요.

개도 주시개…

냠냠

꼼

구들은 발이 커서 못 하지롱~

이라고 생각했는데

춉

춉

춉

아, 그렇게 되네…?

간식 장난감은 개들이 고양이 간식을 하도 먹어대서

개놈들…!!!

창고행이 되었다.

대신에 캣타워나
고양이들이 올라가는 곳에
하나씩 놔준다.

꼭대기에 왔는데
간식이 있네욘!

다다닥

그리고 마당이
하나 더 생기고 나서는

닫지
말라냥!

씨익

씨익

수시로 마당을 들락날락하는
고양이들을 위해
창문을 열어놓기 때문에

엄청나게 큰 벌레들이
잔뜩 들어와서

음~ 팅커벨~~~

애애애애액
까까까까깍!

행동이 자연스레
풍부화됐다.

이건 또 뭐야.
누가 잡았어.

접니다욘!

잘했다.
간식 한 개!

감사합니다옹!

뜸!

나는?

재구는 벌레 잡기에 열심인
고양이들이 거슬린다.

끙…

언짢개…

다다다닥
다다다닥

왕!

야! 줍줍이한테
왜 그러냐!

다다다닥

텁! 텁텁!

재구는 자꾸
벌레를 씹는다.

고양이 행동 풍부화

고양이는 강아지처럼 쉽게 운동하려고 하지 않으므로 나이가 들어서도 건강을 유지하려면 트레이닝이 필요합니다.

1. 같이 운동할 친구가 있으면 좋습니다. 고양이는 친구가 있으면 쫓기 놀이나 레슬링 등을 할 수 있어 신체 활동이 활발해집니다. 이때 한 마리부터 놀이를 시작하고 나중에 다른 고양이가 합류하기보다 동시에 여러 고양이가 놀이에 참여하도록 하는 것이 좋습니다.
2. 계단이 여러 개인 캣타워를 마련하여 오르게 합니다. 캣타워의 각기 다른 곳에 간식을 놓아주면 반려묘가 올라가서 놀 수 있는 장소가 다양해집니다.
3. 고양이는 사물에 대한 집착이 강하므로 다양한 형태의 장난감을 제공합니다.
4. 큰 상자나 욕조 안에 공을 넣어주고 벽에 맞고 튀어 오르는 공을 잡으면서 놀 수 있게 합니다. 상호작용 경험을 늘리고 재미를 줄 수 있습니다.
5. 레이저 포인터를 활용합니다. 실물 장난감에 심하게 집착하거나 레이저 빔 놀이에서 사냥에 실패하여 놀이 욕구가 감소하는 것을 방지하기

위하여 실물 장난감으로 놀이를 하고 난 뒤 레이저 포인터로 놀아줍니다. 이때 레이저 포인터가 눈에 직접 조사되면 실명할 수 있으므로 주의합니다.

6. 깃털이나 생쥐 모양 인형이 달린 막대기 장난감을 준비합니다. 레이저 포인터 놀이 후에 제시하면 놀이의 재미를 더 극대화시킬 수 있으며, 깃털이나 생쥐 모양 인형을 소파 위아래로 옮기는 방법을 통해 운동 강도를 증강시킬 수 있습니다.

7. 천연 고양이 페로몬으로 불리는 캣닢은 적절한 타이밍에 사용하면 아주 유용한 도구가 됩니다. 동물병원에 가는 것과 같은 스트레스 상황 이전에 사용하는 것은 적절하지 않으며, 6개월 이하의 고양이에서는 효과가 약하게 나타날 수 있고, 모든 고양이가 긍정적으로 반응하는 것은 아니므로 이 점에 유의합니다.

8. 고양이용 쳇바퀴를 제공합니다. 쳇바퀴는 어린 고양이의 운동 놀이를 통한 에너지 소모에 매우 효과적이며 장난감과 함께 놀이를 유도하기에 좋은 도구가 됩니다. 반려묘가 쳇바퀴 안에 있을 때는 혹시 모를 사고에 대비하기 위해 보호자의 관찰이 필요합니다. 고양이들은 한 시간에 50킬로미터 정도까지 달리는 것이 가능하며, 반려묘의 달리기 속도를 알지 못하는 상황에서는 천천히 쳇바퀴를 돌리는 것부터 시작해야 합니다.

9. 반려묘가 에너지 넘치고 기민하다면 강아지나 말이 하는 것과 유사한 어질리티 코스(agility course)를 만들어줍니다. 바를 점프해서 넘거나 터널 안을 지나가는 활동은 신체 및 정서 발달 모두에 도움이 됩니다.

말랑구라는 강아지

내가 8년간 구들을
길러오며 쌓아온 강아지라는
이미지가 있다면

말랑구는 그 이미지를
무너뜨려버리는
신기한 강아지였다.

지금껏 내가 알고 있던
강아지는

1. 산책에 미쳐 있음

2. 탈주 본능

개자식들아~!!!!

나가지 못하게 한다면
담을 무너뜨려서라도 나간다

3. 확실히 댕댕이라는 느낌

철퍼덕

헤에-

베

4. 좋고 싫음이 확실

좋개!

싫개!

5. 안으면 묵직

거리 두기 해주시개.

불편

그리고 안기기 굉장히 싫어함

6. 고양이와 달리 민감함이 덜하고 우직한 느낌

까아악!

청소기를 돌리는구나.

그렇구나.

말랑구는 이런 구들과

멍멍!

멍!

정확히 반대되는 성향을 가지고 있다.

산책에 미쳐 있는 구들과 달리 말랑구에게 산책 가자라고 물어보면

산책 ㄱㄱ

일단은 날씨를 확인한다.

음… 오늘 날씨는

토독 톡

비가 오잖개!!!
산책 가지 않을 것이개.

뒤집!

말랑구
안 간다는데요.

산책 가기 싫으면
소파로 가서 눕는다.

반대로 날씨가 좋고 쾌적하면
재빨리 현관으로 나가서 기다림.

가겠습니다
산책.

여보야 이것 좀 봐.
자기 놔두고 갈까 봐
문 앞에서 안 떨어지네.

왜 말랑구
놔두고 갔개…?

힝잉잉

뭘 놔둬…
자기가 안 가놓고.

구들과 달리
탈주 본능도 없다.

뚝!

구들은 산책하다가
줄의 고리 부분이 끊어지거나
하네스가 벗겨지는 일이 있었을 때

그리고 구들처럼
댕청하기보다는

뭔가 묻는 거
굉장히 불쾌

조신하게 앉기

피잉!

예민하고 깔끔한
고양이 느낌.

좋고 싫음이
굉장히 애매함

말랑구 이거
먹을래?

쿵쿵···

맛없을 것
같습니다만.

그럼 먹지 마.

안 가져가겠다는 건
아니고요.

줘?

그렇지만
가져가고 싶은 건 또
아니고요.

말랑구 이 녀석···
결정 장애구나?

안으면 강아지 특유의
묵직함보다는

불안···

꺾어질 듯한
가녀림이 느껴짐.

그리고 청소기 돌리면
고양이들이랑 같이 도망 다닌다.

청소기는
너한테
관심 없어.

하지만 말랑구의
가장 신기한 점은 역시

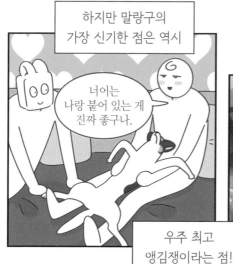

너어는
나랑 붙어 있는 게
진짜 좋구나.

우주 최고
앵김쟁이라는 점!

우리 집에 왜 왔니 (1)

환기시키는 걸
엄청 좋아하는 작가.

사랑은
열린 문-!

왠지 집 안에
바람이 들지 않으면

살기가
너무 힘들어…

짝

……

모기가
무네용.

그렇게 낮 시간 동안
집 문을 자주 열어뒀더니

……

사각…

사각…

와아악
누구세요!!!!

여기에 집을
지을 것입니다!

파닥

파닥

뭔 소리야.
당장 나가요.

고양이와 개들이 들어오지
못하는 별채 작업실이라
안심하고 문을 열어뒀더니

GET OUT!
GET OUT!

제비까지 집 안에 들어와
새집을 지을 궁리를
하고 있었던 것이었다.

방충망은 닫읍시다.

넹…

그리고 작업하다 간간이 창문 밖에서 이상한 소리가 들려오면

힝…

횡… 행…

이 이상한 힘없는 소리는…!

밥 먹으러 온 필드다!

해애앵~

♪ 우리 집에 왜 왔니 왜 왔니 밥 찾으러 왔단다 왔단다 ♪

사료를 그릇에 부어주면 포크레인 먹기를 보여준다.

와아압♡

그리고 어느 날은 새벽에
남편과 편의점을 가다가

동네 인싸인 노랭뚱이가
튀어나왔다.

길에 사람이 없어서
노랭뚱이는 관심이 고팠는지

다다다다다

여보 달려!!!!!

애-옹!

와 다다 다 다닷

우리 집까지 전력 질주로
따라와버린 노랭뚱이는

애옹

앵

애오옹

헉헉

헉헉헉

그렇게 우리 집을 알아내더니
간간이 온다.

킁킁킁... 킁킁
킁킁킁킁...

항상 우리 집 마당
한쪽 구석에
굉장히 집착함

우리 집에 왜 왔니 (2)

나를 구경하는
모르는 백구.

뭔데
진짜.

얼른 밖으로 나가서
확인해봤더니

누구세요;;;

백구는 구들의 마당에서
탐색을 하고 있었고

킁킁

자세히 보니 백구의 목에
끊어진 줄이 길게 달려 있었다.

아이고… 줄이 끊겨서
집을 나왔구나.

어떤 성향의 강아지인지
잘 모르겠으면

그냥 간식을
꺼내는 편이 좋다.

그런데 자세히 보니
낯이 익어서

아!!! 맞네 맞네.

어쩐지 애가 꼬리 치고 그러더라. ㅎㅎㅎ

다시 데려다주면 되겠어요!

그렇게 식당에 흰둥이를 데려다주러 가는 길.

흰둥아 왜 집을 나오고 그랬대~

흰둥이는 집에 잘 있었다.

너 누구야.

이게… 나…?

두ㄹ근!

시골 마을의 강아지는
대부분 백구였고

으릉...

이 녀석과 계속
집을 찾으며 마을을
배회하면서 느낀 점은

내가 8년 동안 못 가르친
우리 집 개놈들보다

부럽

산책을 기가 막히게
잘한다는 것이다.

내가 멈추면
같이 멈춰주는 것도

코너를 돌 때도
정말 완벽하다.

니가…
키웠어요.

우리 집 개자식들은
어째서…!!!

그렇게 한참을 찾아다닌
백구의 집은 우리 집 바로 근처였고

밥 주려고
문을 열었더니만…

나를 밀치고
확 튀어 나가버렸어!

그 이후로도
간간이 탈출해서

또 왔냐…

츄릅

우리 집에서 간식을 얻어먹고
다시 집으로 간다.

함냠냠

여보야, 애
또 왔대요~

집에
데려다주자.

그럽시다.

왠지 귀찮은
친구가 늘었다.

뵈는 게 없다

주위를 잘 살피지
못하는 종구 씨.

내 시야

종구 시야

종구 씨의
좁은 시야 때문에

퍽!

악!

종종 이런 일들이
생기곤 하는데

한두 번도 아니고…
고의성이 다분하다고
저는 생각합니다…

아, 진짜
아니라니까요!

어째서
발끈하시는 거죠?

종구 씨는 좁은 시야 때문에
혼자서도 자주 부딪히곤 하는데

아아악!

쾅!

종구 씨의 그런 점을
닮아버린 두 녀석.

얨

깽

줍줍이는 우다다다
열심히 달려오다가도

다다

다다

다

?!

빡!

의자 다리

저 오동통한 주둥이를 열어서
확인해봐야 한다.

열어보니 역시나
문제가 생겨 있었고

여보!!!!!
줍줍이 쌀알 이빨 하나
흔들려요!!!!

바로 병원으로 갔지만
결국 이빨은 빠져버렸다.

원체 작고…
큰 쓸모는 없어서

소중한
이빨이…

하나 빠진 것 정도는
괜찮을 거예요.

그 후로도
몇 번 더 다쳤다.

다른 의미로
심쿵하게 하는 줍줍이

주둥이...
쾅 했다냥...

다행히 엄청 크게
다친 적은 없음

그리고 줍줍이보다
더 심한 말랑구.

집사 늙는다
늙어.

추우욱...

말랑구는 정말 시도 때도 없이
머리나 몸을 부딪히곤 하는데

제발! 컴다운!!!
컴다운!!!!

특히 신나면
눈에 뵈는 게 없다.

말랑구는 마당에
빨리 나가고 싶어서

빨리! 빨리! 빨리! 빨리! 빨리! 빨리!

그대로 문이 닫혀 있는
펜스로 돌진했다.

깡!

아프겠지…
이렇게 다쳤는데.

당연히 아프지.
으휴, 진짜…

덜덜덜덜덜

(낫는 중)

어느 날은 줍이에게
간식을 줬더니

냐냥 냥…

다리 한쪽을 들고
먹고 있었다.

여보야, 줍줍이
다리 다쳤나 봐요!!!

절망한 순간

?

아, 물방울에
발이 닿는 게 싫은
거였구나…

꿍꿍이…

다행

줍줍이의 다리에는
아무 문제가 없었습니다.

줍튼튼!

왕자와 거지

우리 집에는
왕자와 거지가 있다.

꾸질…

홍구가 소파에서
편안하게 누워 있다면

내가 쓰려고 산 건데
내 자리는 없고…

재구는 고양이 마당
데크 밑에서

……

그지꼴!

이렇게 누워 있음.

아, 재구야
그러지 말자 좀.

싫개!

저리
가시개!

누군가 보면
오해할 것 같다.

왜 홍구는
좋은 데서
재우고

재구는 이런
지저분한 곳에서
재웁니까!

저는 그저
취향을 존중해줄 뿐…

고양이 마당에서
땅 파고 자는 재구는

나갈 거야?

넹!

그것도 모자라
밖에 나가서 자고 싶어 한다.

재구는 아무 데나
땅을 파고 막 눕는 데 반해

홍구는 푹신하고
길게 올라온 잔디 위나

마당에 설치해놓은
텐트 안에서 잔다.

하지만 재구는 파리가
붙는 걸 극도로 싫어한다.

으휴, 집에
들어가고 싶지?
집에 갈래?

넹!

나갈래.

끼잉

낑

낑

8년 차 집사지만
재구 마음을 이해할 수 없다.

더위도 먹고 파리 때문에
피곤해진 재구를 위해

좀만 참아봐.
알았지?

삐-

문을 닫고
에어컨을 틀어줬는데

ㅇㅋ 이제
나도 잠깐 잔다.

전날 밤샘

그랬더니 침대에 절대 올라오지 않는
재구가 침대로 올라온 것이다.

웬일이야. 시원하니까
푹신한 데서 자고 싶어?

라고 생각해서
흐뭇했는데

뿌이익…

그냥 나를 괴롭혀서 깨운 뒤
문을 열게 할 생각이었던 것 같다.

할

할

할

할

할

아~ 젠장!!!

그리고 20분간 반복했다.

침대로 올라옴

뿌이잉

할할할

다시 내려감

결국 또 재구에게
지고 말아버리는 것이다.

거지 재구

왕자 홍구

노곤하개냥 쇼트 (1)

[1] 재구의 방귀

!!

뿍

재구가 방귀를
뀌었습니다.

뿌북

삐유우우우우이우이웅이

재구의 방귀에서는
엄청나게 길고 신기한
소리가 나서

삐오이웅이...

뭐개.

본인도 놀라고

뒤에 있던
홍구도 놀라고

개코
지진

삐오오오...오...

[2] 바보 말랑구

…… 유리창이 안 보일 정도로 집사가 좋았다고 생각해야 하는 걸까…

왜 저러는지 모르겠습니다.

아파서 쭈굴무릎

[3] SNS 속의 강아지

SNS를 보다 보면
우울하고 힘든 집사에게

반려동물이 소중한
무언가를 가져다줬다는

주로 아끼는
장난감

훈훈한 글들이
올라오곤 합니다.

훈훈...

......

우리 집 개들은
그런 적이 없어서
할 말이 없네…

[4] 집사들이 자주 하는 짓

73

순간적으로
10년 늙었습니다.

노곤하개냥 쇼트 (2)

[5] 줍줍이의 똥꼬

특이한 똥꼬 모양을
가진 줍줍이.

모두가 줍줍이의 똥꼬에
관심이 많습니다.

줍줍이가
지나가면

줍줍이가 앉았다 지나간 자리도
냄새를 맡습니다.

도대체 무슨 냄새가
나길래 저러는 걸까요.

한번 맡아볼…

수는 없고
여보가 맡아봐라.

시러용.

미궁 속으로 빠지는
줍똥꼬…

[6] 이불 밑 쥐 놀이

장난감도 눈으로만
가지고 노는

유독 활동성이 떨어지는
고양이들이 있습니다.

마치 바이와
올린이처럼!

바이 올린 / 태어나 사는 고양이

이런 고양이들에게는
호기심을 자극해주는

이불 밑 쥐 놀이를
시켜봅시다.

이불을 펼쳐놓고 밑으로 손을 넣어

장난감도 OK

쥐가 도망 다니는 듯한 움직임을 보여줍니다.

고양이도 스릴 넘치지만

집사는 더 스릴 넘칩니다.

찢긴다…!!!!

장난감을 잘 가지고 노는 고양이들이라면

절레…

따라 하지 않는 편이 좋습니다.

잘 때 공격당하기 때문입니다.

아아악!!!

[7] 좀비 영화

남편과 함께
좀비 영화를 보다 보면

종종 감염된 동물들이
나오곤 합니다.

음… 저건 진정한
공포가 아니야…

그럼
뭔데요?

진정한 공포는
좀비 고양이라고 생각합니다.

작고 빨라서
쫓을 수도 없고

은신 만렙

액체화 가능

1분에 100명쯤
좀비로 감염시키기가
가능하지 않을까…

ㄷㄷㄷㄷㄷ

상상 속 이야기라서
정말로 다행입니다.

노곤하개냥 쇼트 (3)

[8] 압정과 고양이

이쁘군. 후후

어지럽군.

벽에 압정을 꽂아서 이것저것 걸어놨었던 집사.

그런데 침대에 누우려고 보니

꿀잠 시간~

침대 위에 압정이 빠져 있었습니다.

히에에에엑!!!

아니;;; 이게 어떻게 저절로 막 뽑히고 그러나;;;

앵~욘!

공포에 떨고 있었는데 침대로 올라온 욘두.

찰!

씨이잉

?

뿌듯

고통 받아라!

튓

내가 널 어떻게 키웠는데!!!!

그날 욘두의 손이 닿는 모든 곳의 압정을

쑥

전부 빼버렸습니다.

[9] 고양이가 좋아하는 자리

고양이는 박스를 보면
들어가서 앉습니다.

A4용지를
바닥에 내려놔도

가서 앉습니다.

수건으로 원을 만들어도
들어가서 앉습니다.

만족스러운 표정

뭐든 동그라미나
네모 모양을 만들면
고양이를 부를 수 있는 거군.

노력이 가상해서
앉아주는 것 같습니다.

[10] 고양이와 강아지

고양이는 청각이
뛰어난 동물입니다.

아닌 것 같습니다.

강아지는 후각이
뛰어난 동물입니다.

[11] 고양이를 부르면

맴아~

……

매미는 부르면
대답은 하지 않지만

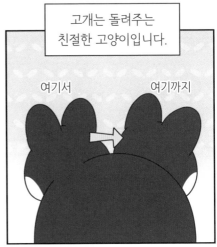

고개는 돌려주는
친절한 고양이입니다.

여기서   여기까지

절대 끝까지 돌려서
쳐다봐주지는 않습니다.

……

돌릴 거면 다 돌리지
왜 반만 돌리냐고.

진짜 이상하다
고양이.

고양이 양치질

고양이 양치질시키기는 정말로 어렵다.

CHIKA CHIKA...

난이도

EASY
NORMAL
HARD
► HELL ◄

숙련된 집사만이 이 난이도에 도전할 수 있습니다.
피가 튀는 잔혹하고 냉정한 결투!

네? 아니라고요?
쉽다고요?

우리 집 고양이는
착해서 양치질도
잘한다고요?

축하합니다!

냥또에
당첨되셨습니다!!

개들은 양치질을
싫어하더라도

물론 개바개

이렇게 잡고 얼른
해버리면 그만인데

고양이들은 눈치가
너무 빠르기 때문에

…???????

칫솔을 꺼내면
사라져 있다.

이렇게 고양이들을
찾다 보면

여보야, 욘이가
리클라이너 안에
들어가버렸어.

밑에?

우리 집에 내가 모르는 틈이 정말
많다는 걸 깨닫게 되는 것이다.

아니, 밑이 아니고
안에 들어갔어요.

…???

어떻게
빼나.

그렇기 때문에 칫솔과
치약은 고양이들 모르게
최대한 조용히 꺼낸다.

사알짝-

좋아. 아무 소리도
나지 않았다.

오… 신경 안 쓴다!!!

티슈는 워낙 이것저것 닦는 데 많이 쓰기 때문에

고양이들이 소리나 눈치로 미리 구분하고 도망가기 힘든 듯하다.

물론 그렇다고 해서 대놓고 다가가면 안 된다.

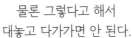

티슈를 살며시 손가락에 감고

등 뒤로 숨겨서 다가가는 것이다.

어어! 뭐 숨겼다! 수상합니다뮨!

하지만 너무 대놓고 숨기면 눈치챔.

젠장.

고양이는 이만큼이나
똑똑하기 때문에…

아… 세금 내
진짜…

손은 살며시 안 보이는
각도로 숨겨준 뒤

다른 방향으로
가는 척하면서

뒤로 이동해서 잠시
쓰다듬어주는 척을 한다.

그리고 목덜미를 잡아
최대한 빠르게 쓱싹!

쬐끔만 쬐끔만 더
와~ 다 끝났다~~~

줍줍이는 양치를 시키거나 하면
화가 나서 소리를 지르기도 하는데

냐아악!!!

병원 가서 주사 놓는
수의사 선생님 손등에
뽀뽀해주는 것 보고 충격받음.

사람 가리네…

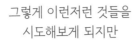

그렇게 이런저런 것들을
시도해보게 되지만

역시 양치질만
한 건 없다.

사료에 섞는 가루형

물에 타주는
형태

치석 제거 간식

이거 잠깐 참아야
병원 안 가고 오래 살 수
있는 거야.

제발 집사 말을
알아들어주면 좋겠다.

그래도 점점 나이가 들어가면서
싫어도 조금씩 포기해주는 듯하다.

와! 오늘 쓱싹
한 번 더 했다.

끙끙끙!

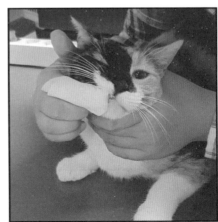

고양이의 양치질

고양이의 치아는 크기는 작지만 사냥을 하고 먹이를 씹는 등 그 역할이 작지 않습니다. 치은염과 구내염 예방을 위해 양치질을 꼭 규칙적으로 해줄 필요가 있습니다.

1. 양치는 단단한 치석이 아니라 치석 이전 단계의 치태를 제거하기 위한 것입니다. 거즈 또는 손가락칫솔, 유아용 칫솔, 고양이 전용 칫솔 등 솔이 부드럽고 머리가 작은 제품과 반려묘가 평소 좋아하는 습식캔을 준비합니다.

2. 반려묘가 안정적인 상태인지 확인합니다.

3. 반려묘가 탁자나 책상 위에 올라가는 것을 거부하면, 반려묘를 타월로 감싸서 보호자의 무릎 위에 올리고 입 주변을 천천히 부드럽게 마사지해줍니다. 적응이 되면 거즈, 손가락칫솔, 동물용 칫솔, 유아용 칫솔 모두를 적용해보면서 저항감이 덜한 것을 선택합니다.

4. 반려묘에게 치약 냄새를 맡게 하고 맛을 보게 합니다. 치약은 닭고기 맛이 나는 것, 후코이단 함유 제품 등 종류가 여러 가지이므로 가능하면 모두 테스트해보고 저항감이 덜하면서 맛있어하는 제품을 찾습니다.

5. 다른 한 손으로 반려묘의 머리와 귀 부분을 잡아 고정하는 자세를 유지하는 연습을 하고, 적응이 되면 부드럽게 입술을 들어봅니다.
6. 오른쪽 치아 2~3개 정도의 공간부터 앞뒤로 칫솔질해봅니다.
7. 반려묘가 칫솔이나 거즈를 거부하면, 칫솔을 평소 좋아하는 습식캔 제품에 담갔다가 꺼내어 냄새를 맡거나 맛을 보게 해봅니다.
8. 다른 치아로 이동하는 것은 천천히 점진적으로 하되 강제하지 않으며, 반려묘가 빠져나가려고 하거나 심하게 동요하면 중단하도록 합니다.
9. 잘했든 못했든 보상으로 간식을 제공하고 각 단계마다 칭찬하는 것을 잊지 않습니다.
10. 치아 전체를 양치하기까지는 몇 주에서 몇 개월이 걸릴 수 있으므로 칭찬과 간식으로 보상하며 반복해서 연습합니다.

냥무시

고양이들이 사람을
함부로 밟고 넘어 다니는 것은

억!

...?

사람을 냥무시하는
행동이라고 한다.

그래서 고양이들끼리는
함부로 몸 위로
넘어 다니지 않는 것이다.

매너가 고양이를 만든다.

그런 매너는 같이 사는
개들에게도 통용되는 것이라서
개들이 길을 막고 있어도

어떻게든 사잇길을
찾아서 지나간다든지

우다다하다가도
구를 밟을 것 같을 땐

급브레이크를 밟아
최대한 매너를 지키려고 한다.

가끔 실수로
밟아서 혼남

그렇지만 집사는
자연스럽게 밟는다.

하지만 집사는 이렇게 생각한다.

뭐… 강아지랑은 다르게 생김새도 많이 다르고

덩치도 훨씬 크니까…

냥무시한다고는 생각할 수 없지 않을까요?

밀 음!

그런고로 제가 고양이 위로 한번 넘어가 보겠습니다.

무시해서 하는 행동이 아니니

집사가 넘어가도 봐주겠지요?

악악!!!

아아악!!!

정정합니다.
냥무시하는 것이 맞다.
몹시 그렇다.

마음과
몸의 상처

……

그래서 그런지 고양이들에게
가끔은 이런 생각이 든다.

이 녀석들…
내가 이렇게
잘해주는데도

나를 이렇게
무시하다니.

라는 생각이 들 땐

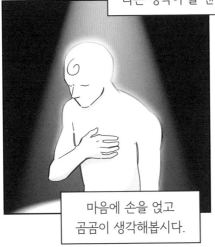

마음에 손을 얹고
곰곰이 생각해봅시다.

정말로 잘해주기만
했을까요?

질척거리지는
않았나요?

질척이라니!
사랑이다!!!

편히 쉬고 있는
고양이에게 가서

와압~

......

와아압거리지도
않았나요?

입장을 바꿔보니
우리 집 고양이들은
보살이 따로 없는 것이다.

생각해보자.
털 없는 거인이

귀여워~

귀여워~

귀여~

귀여.

이상한 소리를 내며
다가오다가

입장 바꿔
생각해봅시다.

고양이와 놀아주기

줍줍이는 뒤에서
조심히 접근해

←맴

꿀밤
집착냥

툭 치고 도망가는 놀이를
정말 좋아한다.

톡! 톡!
톡!

특히 매미한테
많이 시도하는데

머쓱···

잘 안 받아줌.

두근 두근

그래서 줍줍이는
차선책인 집사를 노린다.

그리고 집사는

냐아아아ㅏㅏㅏ

언제나 진심을 다해 받아줄
준비가 되어 있는 것이다!

줍줍이
어서 오고

오늘은 고양이와
노는 법에 대해 알아보자.

고양이가 집사를
뒤에서 툭 치면

와. 정. 말. 깜. 짝.
놀. 라. 버. 렸. 다.

일단 집사는 깜짝
놀란 척을 한 뒤

뒷걸음질 치며 후다닥 구석
보이지 않는 곳으로 숨어줘야 한다.

후다다다닥

한쪽 눈만
보여야 함

그리고 얼굴을 내밀어
살짝 고양이가 있는 곳을
쳐다봐줘야 하는데

이때 얼굴은 꼭
반만 내밀도록 한다.

그리고 다시 숨었다가

다시 고개를
반만 내민다.

줍줍이가
순간이동했다!

스릴 만점

니지바싸...
여기쓰냐으느으...

몇 번 반복하면
바로 앞까지 다가옴.

일촉즉발의 순간!

장난치는 상황인 걸
알기 때문에 조심히
톡 건드리기만 해준다.

토옥..

다다다닷

그리고 이어지는
우다다 타임!!!

다다다다다다닷다

도망가는 줍줍이를
열심히 따라가다가

줍줍이가 숨으면
나도 다시 숨는다.

이번에는 고개를 내밀지 말고
완전히 은폐해보는 것이다.

그럼 줍줍이가 집사를 찾아 나서는
기척이 들리기 시작하는데

약간 부스럭거리는 소리를 내서
힌트를 주는 것이 좋다.

부스럭 소리를 듣고
긴장하며 고개를 내민
줍줍이와 눈이 마주치면!

이것이 진심으로
고양이와 놀아주는 자

다시 우다다 타임!

우다다다다닷

와다다다다닷

크힛홋히 줍줍이랑
노니까 재밌…

어머.

잼있…
잼…

잼이나
만들까…?

네발로
기어 다니는 거
다 봤는디.

그날 밤

데자뷰…!

팡

팡

팡

팡

팡

이걸 굳이 만화로
그리는 이유는…

솔직히 다들 안 볼 때
이러고 있다는 것을
알고 있기 때문입니다.

나만 이러는 거
아닐 거임…

아무튼
진짜임…

외동이 좋아

홍구는 나이가 들면서
좀 더 외동멍멍이가 되길
원하는 것 같다.

누나가 일하러
별채 작업실로 가면

자기 안 데려갈까 봐
문에 머리 들이밀 준비

나도!
나도 나도!!!

오든지 뭐
알아서 해라.

그렇게 작업실로 데려가면
홍구는 혼자만의 편안함을 즐긴다.

네 거 아냐.
내 거야~

그리고 누나가 간식으로 뭘
먹는지 감시하고 달라고 함.

처음에는 흥구와
재구의 관계가

네가 싫으니까
내가 나간다.

틀어지려는 신호가 아닐까
하고 잠시 생각했지만

다시 생각해보니
이렇게 적당히
분리된 관계야말로

그래. 형제랑
같은 집 쓰기 싫은 건
당연한 이치다.

끄덕 끅

건강한 관계라고
생각되는 것이다.

그러다 편히 작업실에서 쉬던
흥구가 본채로 돌아가면

아련…

눈빛 뭐야.

몇 시간 떨어져 있었지만
엄청 반가워해준다.

홍홍구 왔개?
보고 싶었개.

와-앙!

(평소에 가장 많이 짓는 표정으로 그려봄)

생각해보니
주된 영역의 분리라는 것은

우리 집 고양이들에게서도
엿볼 수 있는 점인데

줍줍이와 욘두, 매미는
모두 한집에 살지만

각자 쉬고 자는 곳이
정해져 있다.

매미는 안방 침대를
혼자 쓰고

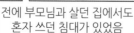

전에 부모님과 살던 집에서도
혼자 쓰던 침대가 있었음

가끔씩은 티브이방과
고양이 마당의 방석에서
낮잠을 즐긴다.

줍줍이는 고양이 마당의
골판지 침대와 박스 위에서
가장 많이 자고

대장 자리

집 안에서는 김치냉장고 위
자리를 가장 좋아한다.

마지막으로 욘두는
캣폴의 가장 꼭대기인
해먹에서 자는 걸 제일 좋아하고

항상
발만 보임

욘~

가끔씩 티브이방에 있는 숨숨집
두 군데를 돌아다니며 잔다.

놀 때는 뭉쳐서
놀기도 하지만

쉴 때는 서로의 자리를
절대 침범하지 않아서

그치… 형제가
내 침대 쓰면
불쾌하지…

한번 누군가의 자리로 고정되면
자리의 주인이 아닌 고양이는

(매미 자리)

그 자리가 비어 있어도
잘 쓰지 않는 것이다.

근데 왜 집사
자리는 잘 뺏음?

그리고 홍구가 작업실에서
주로 지내게 되면서
새로운 사실을 알게 되었다.

우리 집 개들 중 유일하게
귓속에 털이 빽빽한 홍구는

귓속 털 때문에 먼지가
재구나 말랑구보다는
좀 더 끼고는 했는데

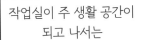

작업실이 주 생활 공간이
되고 나서는

귓속에 끼는 먼지가 더
확연하게 늘어난 것이다.

어라…?
원래는 이렇게까지
안 끼는데.

??

아마도 홍구 귀를
매일매일 핥아주는 재구와
붙어 있는 시간이 적어져서

할짝

할짝

할짝

할짝

귀에 끼는 먼지가
평소보다 많아졌나 보다.

앞으로 누나가
홍구 귀를 더 많이
닦아줘야겠다.

형아 귀는
형아가 닦을게!!!

사이좋음.

매미의 구내염 (1)

매미는 구내염이
많이 진행되고 나서

주식용의 파우치나
캔을 먹고 있다.

요옹

항

평소에 좀
이렇게 와봐라.

앰

구내염이 생겨 통증 때문에
사료를 씹기 힘든 매미는
습식을 먹지만

어??? 어어???
맴아, 너 이거
안 먹으면 안 돼.

여기 약 다
들어간 거란
말이야.

매미의 스스로의 건강을 건
무시무시한 협박이 시작됐다.

매미가 밥을 거른다
→ 약을 먹지 못함
→ 증상이 나빠짐
→ 아픔

매미야, 맴아.
다른 맛 사 왔어.
이건 어때?

킁킁...

오! 매미
먹는다!

촵

촵

촵

* 약을 타서 먹지 않은 게 아니라
　그냥 한 입만 먹어보고 싶었던 것이었다.

습식 간식에 영양제 섞은 건 어때?

음… 나쁘지 않은 노력이군요.

휴~ 살았다.

짭 짭 짭

하지만 매미의 편식은 끊임없이 심해져만 갔고

이게 어쩔 수 없는 게 컨디션이 안 좋아지면 통증이 생겨서 더 안 먹을 거야…

통증을 이기고 먹을 만한 것을 찾자!

다양한 종류의 습식캔, 파우치들과 간식을 거쳐

삶은 닭가슴살과 삶은 생선들을 지나고

(뼈 바름)

119

닭고기 생식
제품을 지나서

와타타타
타닷타이!!!!

탁
타
탁
탁

신선한 육회용 소고기를
다져주는 데까지 이르렀다.

다른 것을
내오거라!

그렇지만 아침을
소고기로 먹었다면

통~촉하여
주시옵소서어엇!!!!

점심도 소고기로 먹는 건
용납할 수 없는 것이다.

그래서 끼니마다
이 서클을 돌려가며

겨우겨우 매미의 약을
먹이고 있다.

매미의 입맛은
갈수록 까다로워져서

오늘은 더 맛있는
것을 대령했습니다.
제발 먹어주시죠.

......

떠먹여준다면
생각해보겠다냥.

(총체적 난국)

그렇지만 집사는 떠먹여
주는 게 내심 기분 좋았음

어이구 우리 매미
왕자님 다 됐어요?

짭 짭

(얘도 총체적 난국)

......

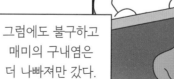

그럼에도 불구하고
매미의 구내염은
더 나빠져만 갔다.

매미의 구내염 (2)

고양이의 구내염은 생각보다
아주 고통스러운 질병이라서

음식을 먹지 못해
살이 빠지고

침을 흘리게 되며

심한 통증을
동반한다.

매미는 구내염이
발병한 이후로

굉장히 컸던 덩치가
눈에 띄게 작아졌다.

아파서 침을 흘리고 있는
매미를 보고 있자면

미리 대비하지 못했던 내가
굉장히 미워지는 것이다.

내가 치아 관리를
똑바로 해줬어야
했는데

왜 그렇게
안일하게
생각했을까.

상황이 닥쳐봐야 아는 건
항상 슬프고 괴롭다.

구내염의 발병 원인은 굉장히 복잡하고
아직 명확하게 밝혀진 건 아니라서

고양이의 구강 관리를
열심히 한다고 해도
발병할 수 있다고 한다.

하지만 지속적인 관리가
있었다면 작은 병변도

이게 뭐지?

초기에 발견할 수
있었을 것이다.

반려동물을 기르면서
시간이 지날수록

FOOD

새로운 정보와 지식을
알아가고 있지만

내가 매미와 구들을 데려오기 전에
반려동물과 함께 사는 것에 대해서

미리 알았다면
더 좋았을 텐데…

관련 정보를 공부해야 하고
자격증도 따야 했다면
더 좋았을 거라는 생각이 든다.

매미는 약으로 증상을
한참 조절해오다가

아픔을 줄이기 위해
결국 전발치 수술을
받게 되었다.

구내염은 치태에 대한
비정상적인 면역 반응으로
생기는 증상이기 때문에

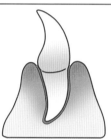

원인이 되는 치아를
발치함으로써 증상을
줄일 수 있다고 한다.

수술은
잘 끝났지만

매옹…

힘들어하는 매미의 모습을 보니
마음이 찢어지는 것 같았다.

그렇지만 바로 다음 날부터
식욕이 돌아오기 시작하더니

여보야,
매미가 밥을 계속
달래…!

며칠 내에 털빛이 좋아지기 시작했다.

푸석푸석한 것도 많이 사라지고

다시 반질반질한 매미로 돌아오고 있네.

살도 다시 빠르게 찌고 있고

빗질을 해주면 골골송도 불러줘서 정말로 다행이야.

수술을 한다고 해서 약을 완전히 끊게 된 건 아니지만

많은 양은 아니지만 오래 먹을 경우 장기에 부담이 갈 수 있다.

컨디션도 점점 좋아져가니

시간을 오래 두고 보면서 약을 점점 줄여볼 생각이다.

아픈 매미를 보고 있자니
성인이 되면서
한참을 크게 아팠던

나를 보는 부모님의
기분이 이랬을까?
라는 생각이 든다.

편식은 고치지 못했지만
상관없다.

욘두의 물 마시기

대부분의 고양이들은
일일 적정 음수량보다

몸무게 1kg당 50ml 전후

물을 적게 마시기 때문에

음수량을 늘릴 수 있게
해주는 것이 중요하다고 한다.

짜란다!

짜란다!

그래서 집 안 이곳저곳에
물그릇을 많이 놔주는 편인데

총 네 군데

앗!! 물그릇에 자꾸 사료 빠뜨리는 녀석 누구냐.

욘이가 물 먹으려다가 못 먹고 있었잖아.

욘이는 신선한 물이 아니라면 마시지 않는다.

박욘욘 / 수물리에
사료 빠진 물이라니 불쾌하군욘.

구들은 너무 아무 물이나 마셔서 문제.

빗물 고인 걸 왜 먹냐!!!

짜개...

바닷물은 왜 먹어보냐.

욘두는 갓 떠서 그릇에 물결이 치는 상태의 물을 굉장히 좋아하는데

깨끗한 물이 샘솟는 것처럼 보이나?

129

변기 물도
그렇게 느끼는 것 같다.

??????

아니 잠깐,
샘솟는 건 맞는데
잠깐만…

나는 집사가 화장실을 쓸 때
따라오는 욘두를 보며

부담스럽게
왜 따라오는 거야.

앵욘~

다다닥

이렇게 열심히 봐주는 건
무방비 상태의 집사가
위험에 처할까 봐

빠안

지켜주고
있는 걸까.

내심 고마워하고
있었는데

요두의 목적은
따로 있었던 것이다!

집사가 일어나서
버튼을 누르니까

깨끗한 물이
퐁퐁퐁 올라온다욘!

아니야! 그거 아니야!
박요욘 내려와!!!

깔짝깔짝

아니, 너 아까
그… 봤잖아 그거…!

샘솟는 물에 집착하는
요두를 위해

짜잔! 요아
급수기 샀지롱!

분수 형태의 고양이
급수기를 사주게 됐다.

와!!!

아니… 또 뭐가 문제야. 일로 와봐 쫌.

욘두는 급수기를 쓰지 않았다.

욘두 가또

솔직히 예상 못 했던 건 아니다.

근데 아무도 안 쓰는 건 예상 못 했음.

아아아ㅏ

그래서 집사는
변기 뚜껑 닫기를
생활화하게 되었는데

어림도
없지!

팅!

욘이는 그 후로도 계속
변기 물을 노리는 듯하다.

발자국 좀
보래요.

지독한
박욘욘…

요즘은
싱크대에 집착 중

욘아, 그냥
편하게 마시면
안 될까?

깔짝깔짝

물그릇을 더 많은
곳에 놔주고

여기서 먹으면
편할 텐데…

애앵

물을 수시로 갈아주는 것으로
욘이를 설득하는 중입니다.

매미가 가출했다 (1)

매미는 엄마 아빠와 살다가
지금의 우리 집으로 오게 되면서

이번 화에서는 그때의
이야기를 해보려고 한다.

고양이를 찾습니다
010-XXXX-XXXX
OO근처에서 실종
사례금 XXX원

무려 3일 동안 가출했다가
돌아온 전적이 있다.

지금은 집에 잘 있으니
안심하고 보도록 합시다냥.

매미가 구내염을 앓기 시작하며
우리 집으로 오게 되었을 때

밖거리
작업실

매미는 그때 잠시
작업실에서 적응
기간을 가졌었다.

안거리
구냥이들
생활 공간

여보, 내가 말했었죠.

진지

매미는 줄이나 욘이처럼 생각하면 안 된다고요.

매미가 열 수 있는 것들을 알아봅시다.

방충망

이중문

퍽!

냄비

선반

딸칵

켄넬형 이동장

딸칵

가방형 이동장

빡!

(잠금장치 풀기)

퍼걱

우주선형 이동장

그러니까 매미가 잠시 별채 작업실에서 지내는 동안

끄덕 끄덕

본채는 더 튼튼하고 부식되지 않는 방묘문 재료를 사서 다시 시공해버립시다!

그렇게 철물점에 들러 재료들을 구입하고

PE망 있나요?

인터넷으로 산 재료를 기다리는 도중 매미를 작업실에서 지내게 했는데

우리 매미, 사실 무릎냥이었죠?

낮에는 생각보다 잘 지내는 듯했지만

골골고로록

탈출 본능이
시작됐다…!

애옹…

매오오…

매옹…

새벽이 되니
울면서

손이 닿는 모든 문을
열어보기 시작했다.

별채에도 방묘문이 있지만
그래도 불안하니까

문을 다 잠가
버려야겠어요.

웅 그럽시다.

어휴, 이래서
적응할 수 있을까…?

애옹…
애오옹…

애오오옹…

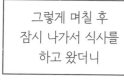

그렇게 며칠 후
잠시 나가서 식사를
하고 왔더니

맴아?

터

엉-

매미가 사라져 있었다.

매미가 엄마 아빠와 원래 살던 집이랑 여기는

차로 10분 정도 걸리는데…

매미는 이 동네를 처음 와보는데, 어떻게 집에 찾아오지?

급하게 집을 뛰쳐나가 남편과 함께 집 주위를 돌며

맴아!!!!

맴아!!!!

매미를 찾기 시작했지만

맴아-

맴아-

맴아-!

밤이 되어도 매미는 보이지 않았다.

매미가 가출했다 (2)

다시 별채로 돌아온
남편과 나는

매미가 다시
집을 찾아올 수 있도록
현관문을 열어놓고

매미가 나갔던
창문을 살폈는데

이상하다.
분명 열어놓은 적이
없는데

어떻게
나간 거지…?

자세히 보니 문고리가
그대로 잠긴 모양의 상태로

?????????????

창문이 열려 있는
것이었다.

141

속이 타들어간다는 게
이런 거였을까?

일단은 급하게
매미를 찾는 전단지를
만들었고

뜬눈으로
밤을 지새우다가

아침이 되자
전단지를 붙이며

엄마 아빠와 함께
매미를 찾기 시작했다.

구들이 매미 형아 냄새 찾아볼래?

구들 냄새를 맡고 매미가 돌아올지도 모르죠.

그렇게 구들은 하루 온종일 산책만 하기도 했다.

형아가 가출했는데 웃음이 나오냐.

헥헥

헥헥

헥

그냥 온종일 마을을 걷고

전단지를 붙였다.

엄마 아빠는 일을 하는 중에도

미미야~

미미~

하루에 네 번씩은 와서 찾아다녔던 것 같다.

그 와중에 전단지를 보고
연락 주는 분들이 계셨다.

안녕하세요. 전단지 보고
연락드렸는데요.

여기 그 비슷한 고양이가
있는 것 같아서요.

연락 주신 것도 감사한데
다들 이런 말을 해주셨다.

사례금은 정말로
필요 없어요.

꼭 찾았으면
좋겠어요.

가보면 다 매미를 닮은
턱시도 고양이였지만

미미 찾았니?

아니, 매미 닮은
고양이였어.

정말 감사한 일들이었다.

동네 할머니들도
전단지를 보고는

집에 찾아와서
고양이 우리 집에 있어!
라고 말씀 주시기도 했는데

가보면 다
굵굵이였다.

아니여?

네, 쟤는
다른 애예요.

고양이 탐정도 알아봤지만
제주도라서 의뢰가 힘들었다.

이 방법은
어렵겠어요…

잠을 자도
잠이 오지 않고

도저히 가만히 있을 수
없는 날들이었다.

매미가 가출했다 (3)

3일째 되던 날. 계속해서 매미를 찾아다녔다.

맴아~

매미야…

3일이 그렇게 길게 느껴진 건 처음이었던 것 같다.

오늘 며칠째죠?

3일째예요.

한 일주일은 된 것 같네…

그러던 중 아빠에게 전화가 왔다.

매미 지금 집 옆에서 찾았어!!!

빨리 집으로 와!

여보 매미, 집 옆이래. 빨리 가자!!!

아니 그럼 결국 원래 집까지 간 거야? 차로 10분 걸리는 거리를…

안도감에 눈물을 펑펑 흘리며 엄마 아빠의 집에 도착했는데

엄마 아빠 어딨어? 나 집에 다 왔는데.

집이라니까???

???

너네 집.

바로 다시 집으로 향했더니

맴아!!!!

엄마 아빠가 별채에서 매미를 안고 있었다.

매미는 3일 동안 약도 못 먹고
배도 채우지 못해서인지
마르고 지쳐 있었다.

매미 너
이놈 새끼야!

왜 집을
나가고 그래!!!

엄마 아빠는 매미를
열심히 찾던 중

저기로 한번 더
가보자고.

왠지 이쪽에 매미가
있을 것 같다는 생각이
들었다고 한다.

그곳은 내가 처음 매미가
향했을 것 같다고 했던
폐하우스였고

미미

미미

근처에 아무것도 없는 걸
확인하고 돌아가려는데

희미한 매미의 목소리가
들렸다고 한다.

항…

매미는 열려 있던
폐하우스에 들어갔다가
바람으로 문이 닫혔는지

자동으로
밖에서 잠김

달컥

덜컥

그 상태로 계속
갇혀 있었던 것이다.

겨우 돌아온 매미는
고생이 심했는지

한참을 먹고 나서
곤히 쉬었고

그래놓고 그날도 탈출한다고
매옹 하고 새벽 내내 울었다.

에휴…

매오…

매오오…

매옹…

수의사님께 매미의 구내염과
집냥이로 만드는 것에 대한
상담을 받을 때

마당냥이를
집냥이로 만들면

초반에는 스트레스를
심하게 받을 수도 있어요.

정말 심한 고양이들은
스트레스 때문에 꼬리를 자르고
동물병원에 오기도 해요.

헉…!

이틀 전에 그렇게 온
고양이가 있었네요.

이런 이야기들을
들었었는데

매미가 정말
원래 살던 곳에서 벗어나는 게
극도로 싫은 거라면

아파도 원래 살던 곳에
사는 게 맞는 걸까.

라는 생각을 하며
그날 밤이 지나고

아니라면 언제까지
적응시켜볼 수
있는 걸까…

다음 날 본채의 새로운
방묘문 시공이 끝나서

걱정이다 걱정…

오 형아
응응

매미를 본채로
옮기게 되었는데

151

매미는 그때부터 새벽에
우는 것을 그만뒀다.

…?

뭐야, 진작에
여기로 데려올걸.

어릴 때부터 함께 지낸
구들이라는 동생이 있어서인지

편 안

줍욘이가 맘에
들어서인지는 모르겠지만

매미는 드디어

여기가 내
새집이군!

그리고 매미는 우리 집에서
적응이 끝나자

잘 놀고

차아악

잘 먹고

이라고 생각한 것 같다.

잘 싸고

부모님을 손절했다.

미미가 아픈가?
엄마 아빠가 와도
코빼기도 안 비치네.

진짜 나쁘다
고양이.

그래도 이래나저래나
건강하고 행복하기만 하면
그만인 것이다.

건강하고
씩씩하기만
하라고~

매미의 걱정

매미는 나를 유난히
걱정해준다.

꼬꼿꼿
우매한 인간아…

왜 저래.

내가 물건을 떨어뜨려
집 안에서 큰 소리가 나면

쿵!

허억

매옹?

어, 누나
괜찮아~

제일 먼저 달려와
걱정해주는 게 매미다.

하지만 구들은 절대 안 옴.

개자식
답구나.

155

맴아 대답 좀 해주라.

한 달 후 손절당함.

……

너어… 진짜 가차 없구나?

그리고 매미의 최애는 엄마로. 바뀌게 된 것이다.

1 2 3 4

1 2 3 4

매미가 진짜 누나 많이 위로해줬었지.

밥 줘.

그렇지만 매미 덕분에 힘든 시간을 잘 버텨냈던 것 같다.

이 녀석…

두

근!

아직 집 나가서 개고생시킨 거 안 잊었어!

집사 걱정해주면 뭐 하냐.

네가 제일 걱정시키는데.

그래도 매미의 걱정은 멈추지 않았다.

저런…

덜떨어진 녀석 같으니라고…

매미는 지금의 우리 집에 와서

반신욕 하는 사람을 처음 보게 되었는데

부모님 집에는 반신욕 욕조가 없다

매옹욹올롱?

그게 굉장히
충격적이었나 보다.

매욹읅욹요롱?

(매미의 시선으로 본 반신욕)

셀프 물고문

반신욕하는 집사를 보고
자꾸 우는 매미 때문에
욕실 문을 닫아봐도

봤지? 누나
멀쩡하지?

이제 문
닫는다?

안 보이니까
더 걱정!!

매오!!!!!~~~

매미는 한참이나 물에
잠겨 있는 누나가 걱정됐는지

머리도 때려보고

욕조 위에 앞발을
올려놓기도 하다가

결국에는 집사의 다리를
건져 올리려고 했다.

그런 매미의 행동은
귀여웠지만

고양이의 손톱은
너무 날카롭고 아픈 것이다.

매미는 1타 2피를 해냈다.

걱정해주면 뭐 하냐고.
너 때문에 더 다쳤잖아.

앙?

구들과 자동차 소리

구들은 집사의 말을
듣지 않는다.

나는 나보다 악한 녀석의
말은 듣지 않는다.

하지만 그런 구들도
잘 듣는 소리가 있었으니…!

그건 바로 자동차 소리다.

내가 듣기엔
다 똑같은 차 소리
같은데?

그 미묘한 차이를 구분해내서
미리 기다리는 걸 보면
정말 신기한 것이다.

음… 곧 남편이 운동 갔다가 돌아올 시간인가 보군.

왠지 훈훈한 일상 같네…

구들은 차종이 같아도 절대 헷갈리지 않는다.

남의 차!

우리 차!

구들, 형아 올 거 알고 미리 기다리고 있었어?

내가 부를 땐 왜…

잘 듣는 거 확인할수록 밀려오는 배신감

그리고 한 번씩 동네 친구인 해피를 차에 태워서

친구랑 놀러 가기 신나개!!

같이 산책을 가기도 했는데

얼마 지나지 않아 해피도
우리 집 차 소리를
구분하게 되었다.

차종과
연식…

부릉…

마모된
정도…

흐음 이런
소리군요.

차를 타고 해피네
집 앞을 지나가다 보면

엇!

해피가 엄청
기대하는 눈으로
고개를 내밀었어…!

호이…

해피는 자다가도 차를 타고
지나가는 소리를 듣기만 하면

사… 산책?

부릉…

산책 많이 함

급하게 깬 얼굴로
쳐다보고 있다.

그런 해피를 본
종구의 선택은

어, 여보야.
집 가는 길인데
왜 돌아서 가?

해피한테
미안해서요…

표정이 너무
아련함…

+

매미는 특별한
헤어스타일을
가지고 있다.

위로 솟은
모히칸 스타일

그래서 항상
머리를 눌러서
넘겨주곤 하는데

너는 고양이가
머리가 왜 이러냐?

머리해주는 거
알고 얌전ㅋㅋㅋ

알고 보니 매미의
이상한 잠버릇 때문에

뒤통수 걸치고
자는 거 좋아함

머리가 항상
뒤집어지는 것이었다.

집사랑 비슷한 점
또 하나 찾았다.

친밀감 상승 +1

위험했던 일 (1)

구들과 제주도에
오고 나서는

신경 쓰일 일이
적어서 좋구나.

아무도 마주치지 않는 산책을
즐기고 있는 중인데

하지만 폭풍 전야라고
했던가

스멀

스멀

평온한 산책 한편에는
굉장한 위험이
도사리고 있었다!

그건 바로 줄 풀린 개 또는
들개와 마주치는 상황들!

(진짜 무섭다)

물론 경기도에 살 때도
줄 풀린 개와 마주치는
일은 흔했지만

강아지 좀!!!!
잡아주세요!!!

다 다
다

강아지 좀
데려가주세요!!!

네넷, 애가
물 것 같진 않은데

왕!
왕!

이렇게 달려들면
저희 집 개가
물 수도 있어요!!!

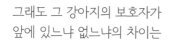

그래도 그 강아지의 보호자가
앞에 있느냐 없느냐의 차이는

막아달라고
할 수 있음

물어보면
성격 파악 가능

알 수 있는 정보가
아무것도 없음

하늘과 땅 차이라고
할 수 있겠다.

구들과 제주도에 내려와서
처음 줄 풀린 개를 마주쳤을 때

어… 어어
어어어????

여보, 놀라지 말고
일단 재구 들어요!

으르렁!

다행히 그 개는
더 이상 쫓아오지 않았고

반대로 돌아서
집으로 갑시다.

으릉… 웅…
윙…

재구만 잔뜩
화났음

그리고 생각보다 자주 마주치는
동네 강아지가 되어버렸다.

여보, 나 방금
구야 산책시켜주다가
똥꼬 대마왕 또 봤다?

똥꼬 대마왕은
또 뭐야.

저거 봐. 똥꼬
엄청 크잖아.

억 ㅋㅋㅋㅋ
진짜네.

똥꼬 주변 무늬가
검은색임

알고 보니 착한 강아지라서
그나마 다행이었다.

구야 마주치면
알아서 도망가줘요.

진짜 다행이네…

자꾸 줄을 끊고
나오는 것 같은데

가자, 쟤들 좀
이상해.

가끔은 똑 닮은
다른 개도 데리고 다녔음.

170

그러던 어느 날, 산책이 끝나고
집으로 돌아가는 중이었는데

어? 여보야.
똥꼬랑 작은 똥꼬가
우리 집 마당에서 나왔어!

뭐지?
빨리 가보자.

......

닉값한다는 게
이런 걸까요…

모락

모락

냄새를
덮어버리개!

어딜 감히
내 영역에!

시

이이

앗. 이놈들아!
치우기 더
어려워졌잖아!

171

위험했던 일 (2)

맹!
멍!

구야 빨리 와!
빨리 집에 가자!!!

개고집

검은 개가 쫓아와
놀란 나는 얼른 구들을 데리고
집 쪽으로 가려고 했는데

으르릉ㅇㅇㅇ

구들은 집사 맘도 모르고
고집을 부리기 시작했고

검은 개는 순식간에
근처에 다가왔다.

이 멍청이!!!
산책은 한 마리씩만
데려왔어야지.

그래야 위험할 때
들고 도망갈 수 있는데.

그리고 일촉즉발의 순간

저리 가! 가!!!

으르릉…!!!

릉…?

구들은 그렇게
세기의 사랑을 만났다.

아… 아
진짜 아!!

긴장 풀려서
다리도 풀림

구놈들
좋냐고…
누나는
길에 넘어졌는데
여친만 보이냐고…

다리도 풀렸겠다 여자친구가 갈 때까지 그냥 놀게 해줬더니

안 볼란다…

히힛히

온종일 행복해 보였다.

그리고 어느 날은 내가 아파서 누워 있게 되자

죄송과 감사…

종구만 따로 구들을 데리고 산책을 나갔는데

30분 정도 지나자 전화가 왔다.

뚜르르…

여보… 여보야 여기 여기 그 집 근처, 어… 어디더라… 그… 어, 어떡해.

여보 왜 그래요. 무슨 일 있어?

벌 떡!

아, 그 연못 쪽인데 작은 개가 자꾸 쫓아와요. 가고 해도 안 가고.

아픈 몸을 이끌고
열심히 뛰어갔다.

작은 개가 따라와서
구를 물어버리면

구야는 물려도
크게 다칠 확률은
적겠지만

다다

다

다딱

구도 직은 개를
물어버릴 텐데

다

작은 개들은
진짜 크게 다칠 수도
있을 텐데…!!!

그 순간 맘 놓고 우리 개
걱정만 하기도 어렵다는 게
정말 속상하기도 했다.

너였구나!

다행히
재빨리 도착해서

아 여보, 나도 계속
쫓아내고 있었는데 자꾸
위험하게 따라붙어요.

응 내가
쫓아줄게요.

작은 개는 결국
포기하고 돌아갔고

구들도 무사히 집에
도착할 수 있었다.

그 이후로도 줄 풀린 개들을
여럿 만났지만

우리가 쪽수가
많아서 그런가

가라고 하니까
잘 가네.

아직까지는 나쁜 일이
벌어지지 않아서 다행이다.

언제든지 구야를
번쩍 들고 달릴 수 있게
근력운동을 해둡시다.

내가 살이 찐 건
집사의 팔근육을

성장시키기
위한 것이개.

구들과 할머니

할머니는 구들을 정말 좋아한다.

구들과 함께 할머니를 찾으면

아이고!!!! 우리 독꾸 왔구나!

할머니 손녀도 옴.

독꾸 착허다.

차 타고 편하게 온 구들을 위해

할머니 손녀도 입 있음.

물도 바로 떠다 주고 냉장고에서 간식도 얼른 꺼내 오신다.

179

그리고 시작되는
구의 건강 걱정.

아이고 너미 솔지다게
간식 조그마이 주라!

ㅋㅋ

ㅋㅋ

ㅋ

왜 또…

살이 너무 많이 쪘으니
간식은 조금만 줘라!

아까 할머니가
준 것도
간식인데?

……

걱정이 끝나면 구들이
어릴 때 있었던 일들을

계속해서 말씀해
주시는 것이다.

그러면 구들도 할머니 옆에 가만히
앉아서 입을 헤 벌리고 있는데

나는 그게 그렇게
보기가 좋다.

집에 갈 때가 되면
재구는 산책을 하고 싶어서
고집을 부리기 시작하는데

아이고…!
차 안타맨…!

또 이런다
또…

아이고! 차를 안 타네!

할머니는 재구가
할머니랑 더 있고 싶어서
고집부리는 줄 알고

할망이영
살젠?

할머니랑 살래?

재구를 더 애틋하게
아껴주신다.

가끔 구들 없이
할머니 집에 들르게 되면

도꾸도
돌앙 와시냐?

아니, 집에
두고 왔지~

구도 데려왔니?

돌앙 와사주
무사 나동와시?

나 운동
갔다 온 거야!

데려와야지 왜
안 데려왔어?

마당에도 내어 줬서?
바람도 쌔우고!

요즘 더워서
구들이 잘 안 나가~

마당에도 내보내주고 있어?
바람도 쐬게 해주고!

구야 걱정뿐인
할머니인 것이다.

걱정

**구야 심심할까 걱정
하네스가 조일까 걱정
마당에 못 나갈까 걱정**

걱정

걱정

걱정

걱정

걱정

걱정

걱정

걱정

걱정

그리고 매미가
우리 집에 온 뒤로는

고냉이는!
고냉이는 어떵
지냄서?

고양이는 어떻게
지내고 있어?

그래서 할머니 집에 갈 때마다
매미 사진을 보여드리고 있다.

영도 친허게
지냄꾸나이?

이렇게도 친하게
지내는구나?

가끔 와서 보고 가시기도 한다.

미미!

아, 진짜 인사 좀 하라고 못된 녀석아.

할머니한테 효도해라.

귀여운 게 효도개!

욘두의 집착

욘두는 유난히
종구에게 집착한다.

욘두 Lv 30

종구 Lv 2

욘두의
눈빛 발사!

▶ 도망치다
간식

안아줄 때까지
계속 우는 것이다.

애애애애애애
앵애애이

나도 애애애
애애애애애애

애애애애애애앵이앵
애애이애이애이애잉!!!

질 수
없지욘!

박욘욘 폐활량
무슨 일이야?

결국엔 욘두를
안아주게 되는데

안아주면 불편해서
금방 내려오는
다른 고양이들과 달리

고루룩고루룩고루룩

욘두는 한번 안기면
한참을 내려오지 않는다.

그리 좋나…

와, 여보야 ㅋㅋㅋ
옆방인데 골골 소리가
여기까지 들려요.

골 골 골 골

그러니까요.
엄청 커 ㅋㅋ

이렇게 안기는 걸
좋아하는 욘두도

작가에게는 그다지 안기지 않는데
거기에는 타당한 이유가 있다.

는 아니었고

열받네…

뭐.

그냥 종구에게 향하는
발받침으로 쓴 거임.

그렇게 종구에게 안기면
꼭 턱과 목을 핥아주는 것이다.

여보야, 고양이가
핥아주는 건 지저분해 보여서
닦아주는 거래.

부러워서 하는
말이죠?

응 맞아.

그렇지만 종구는
고양이 알레.르기가 있어서
두드러기가 난다.

두드러기가 나면
하지 말라고 말려야지.

귀여운데
어케 말림…

계속 종구를 보고 우는
욘두의 마음이 문득 궁금해져서

아주 잘
맞지는 않음

왜앵
앵
와웅

어느 날은 고양이 번역
앱을 깔아서 해봤더니

내 생각 안 해?

내 생각 안 해?

무시하지 마세요.

안녕?

안녕!

안녕하세요!

내 생각 안 해?

박욘욘 집착
무슨 일이야…

애애애앵애
애앵요오온!!!

생각보다 더 어마어마한
집착냥이었던 것이다.

줍줍이에게도
해봤더니

앨-

사냥감이다!

간식 주세요.

사냥할 시간!

까용-

주로 이런 말들을 하는 듯!

매미는 잘 울지 않아서
번역 앱을 써보지 못했지만

매미만큼은 작가에게
잘 기대는 걸 보니

분명히 매미는 이렇게
말하고 있을 것이다.

???

집사 사랑해요.
고마워요.
오늘도 행복해요.
집사는 최고야.

아무튼 진짜고
확실합니다.

나이 들고 아픈 것 (1)

구들의 나이는 8살.

미운 8살!

강아지 나이 치고
적은 나이는 아니지만

집사가 보기에는 아직도
아기 같기만 하다.

들어
주시개.

힝...

무쩝개.

오히려 시간이 지날수록
더 응석받이가 돼가는 느낌.

하지만 멍냥이들의 시간은
집사들보다 빠르기 때문에

사람으로 치면
50살 이상의 중년

애···
애르신!

슬슬 건강 걱정이
많이 드는 것이다.

몸이 약하게 태어나
언제나 걱정거리인
줍줍이와는 달리

구들은 원체
건강한 편이지만

좋지 않은 증상들을
조금 가지고 있었는데

귀찮개.

그중 하나가
잇몸 붓기였다.

아직 치료가 필요하거나
그럴 정도는 아니라서

양치질시킬 때
너무 세지 않게

최대한 부드러운 칫솔로
살살 조심히 닦아주시면
될 것 같아요.

그렇게 거즈나 부드러운
칫솔로 이빨을 살살 닦아주다

치카 치카

한참이 지난 어느 날

양치질을 시키던 도중
홍구의 입 깊숙한 곳에 있던
약간 커졌나 하고 있던 붓기가

여기 좀 더
잡아당겨봐
줄래요?

혹처럼 자리 잡은 것을
발견하게 됐다.

그렇게 바로 병원으로 가서
검진을 받았더니

음…

와앙-

마음의 준비를
하셔야겠네요…

순간 머릿속이 새하얘졌다.

조직 검사를
해봐야 알겠지만

악성이라면 앞으로 어떻게
해야 할지에 대한 설명을 듣고

검사를 끝낸 뒤

착잡한 마음으로
홍구와 집으로 돌아왔다.

전에 수의사님께
이런 질문을 한 적 있었다.

구들 정도 크기의 개들은
평균수명이 얼마나 될까요?

인터넷에 검색해서
나오는 수명보다는 요즘은
좀 더 오래 살지요?

음… 대체로
12년 정도인 것
같습니다.

뚝

그 말을 듣고 굉장히
놀랐던 기억이 난다.

지금
8살인데

겨우
12년까지 사는 게
평균이라고????

딸랑-

아니겠지…?
우리 가는 유기동물
쉼터 애들 중

구들만 한 크기였던 곰이도
20살까지 살다 갔으니까…

구들은 적어도 15년은 넘게 살 거야.

20년도 살 거예요.

구야는 누나랑 오래오래 살 거지?

그때는 이렇게 빨리 병이 올 거라고는 생각도 못 했었는데…

구강암이라고 해도 관리를 하며 살 수 있다고 하지만… 역시 괴롭겠지.

그렇게 기다리던 검사 결과가 나왔고

꼬흐흐흑!

다행히도 양성 종양이라는 판정을 받을 수 있었다.

그리고 홍구는 수술 준비에 들어갔다.

나이 들고 아픈 것 (2)

홍구의 수술 날짜를 잡고

홍홍구~

?

컨디션을 좋은 상태로
유지시키기 위해

홍홍구 혼자만
누나랑 형아랑 해서
같이 산책 갈까?

까

악

홍구가 좋아하는 것들을
잔뜩 해주기로 했다.

홍구는 누나 형아가 동시에
자기 혼자만 산책시켜주는 걸

이쁨도 두 배
간식도 두 배
쓰다듬도
두 배!

되게 특별하게
생각하는 것 같다.

재구도 그다음 순서로
똑같이 해줬음!

힘듦…

같이 안 가니까
좀 심심하개.

며칠간 이쁨도 듬뿍 받고
영양가 많은 간식도
듬뿍 먹은 홍구는

몰래
카메라개?

텅-

전날 금식을 하고

수술을 하러
동물병원으로 향했고

동물병원

좋단다…

병원!

병원!

수술이
이쯤 끝나니까
○○시까지 오시면
될 것 같습니다.

우리 홍구
잘하고 와야 돼
알았지?

뭘 잘해?

…!!!!!

끼잉!!

상황 파악 완료

홍구의 양성 종양을 떼내는 건
크게 위험한 수술은 아니었지만

푸…
걱정되네요.

하…

마취를 한다는 것만으로도
집사는 마음이 너무
무거워지는 것이다.

기다리는 내내 혼자서
온갖 나쁜 상황
시뮬레이션 돌리게 됨

수술 중
깨어나버린
홍구

수술이
잘못됨

그냥 뭔가
나쁜 상황

휙!

휙

일도 손에 잡히지 않고
마냥 기다리다가

아… 걱정돼서
아무것도 못 하겠네.

추욱...

동물병원에서 걸려온
전화를 받고

수술 잘 끝났으니
데리러 오시면 됩니다.

휴~

곧 다시 홍구를
데리러 갔다.

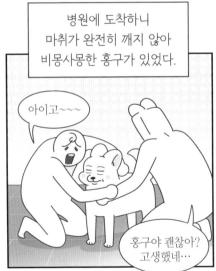

병원에 도착하니
마취가 완전히 깨지 않아
비몽사몽한 홍구가 있었다.

아이고~~~

홍구야 괜찮아?
고생했네…

이런저런 설명을 듣고
차를 타기 위해 병원을 나섰다.

홍구야, 이제
집에 가보자.

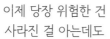

이제 당장 위험한 건
사라진 걸 아는데도

꼬리 흔들지 마.
넘어질라…

비틀

비틀

들고
가야겠다.

더 마음이 저릿해
오는 것이다.

집에 도착하고 잠시
쉬게 해준 다음

잠깐만
쉬하고 오자.

쉬야를 할 수 있게
산책을 살짝 시켜줬는데

비틀거리는
뒷모습을 보니

휘청-

왠지 눈물이
앞을 가리는 것이다.

여보야, 우리
경기도에서 강아지용
유모차 타고 다니던
노령견들 많이
봤던 거 기억나요?

응 기억나죠.

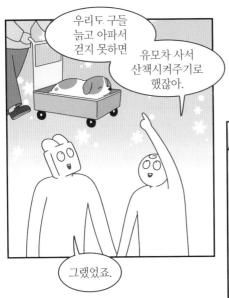

우리도 구들 늙고 아파서 걷지 못하면 유모차 사서 산책시켜주기로 했잖아.

그랬었죠.

늙고 아파도 끝까지 행복하기만 하면 좋을 텐데…

비틀거리며 가까스로 쉬야를 하는 홍구를 보며 괜히 마음을 다잡았는데

자, 홍구야 넘어지겠다. 이제 집에 가자.

?

그 와중에 개고집 부림

집 앞인데 집에 가자는 개소리가 들렸개.

홍홍구…
안 아프네.

연행
멈춰!!!

멀쩡하네요.

홍구는 수술 후에 딱히 불편함
없이 잘 지내고 있습니다.

노령견 돌보기

사람처럼 강아지도 나이가 들면 침체하기 마련입니다. 운동량이 감소하면서 체중이 늘기도 하고, 소화에 이상이 생기거나 질병을 앓으며 체중이 감소하기도 합니다. 시력이나 청력이 떨어지고 위험 상황에 대처하는 능력이 느려지며 관절에 이상이 생기기도 하고, 피부 탄력을 잃으면서 털의 윤기가 없어지고 흰색 털이 나기도 합니다. 수면 패턴도 종종 변화하여 밤에 불안 증상을 보이는 경우도 있습니다. 7~8년의 중년령을 늙기 시작하는 시기로 보는데 품종에 따라 대형견종이 좀 더 빨리 노화되는 경향이 있습니다.

1. 반려견에게 새로운 장난감을 주고 새로운 놀이를 가르쳐봅니다. 정서 자극에 도움이 되고, 젊어졌다는 느낌을 줄 수 있습니다.

2. 비만 예방을 위해 칼로리가 낮은 노령견 전용 식단을 제공합니다. 최근 노령견 전용 식단이 노화와 관련된 질병에 도움이 된다는 연구 결과가 발표된 만큼 식단을 점진적으로 변화시키면서 항산화제와 오메가3, 오메가6와 같은 영양제도 급여해줍니다.

3. 매월 체중을 측정하고 배가 불룩하거나 체중이 지속적으로 증가하는 경우 음식량을 줄여야 합니다. 체중이 감소하는 경우는 질병 상태일 수 있으므로 동물병원 진료를 받도록 합니다.

4. 음수량, 배뇨량에 변화가 생긴 경우 신부전, 당뇨, 쿠싱증후군과 같은 질병 상태일 수 있습니다.

5. 단백질을 무조건적으로 제한하는 것은 좋지 않지만 신부전, 간 손상, 췌장염과 같은 상황에서는 제한해야 합니다.

6. 아침에 자고 일어났을 때 몸이 뻣뻣하다면 관절염이나 추간판 탈출증 (디스크)이 의심되므로 동물병원 진료를 받도록 하고 체중 감량을 위해 노력합니다.

7. 20~30분 정도의 운동을 규칙적으로 꾸준히 시킵니다. 장시간 운동으로 인해 다음 날 아프지 않도록 주의하고, 다리를 절거나 다리가 뻣뻣하다면 야외 활동을 하지 않습니다. 진통제와 같은 현대 의약품은 통증을 완화시키는 데 효과적이고 강아지의 삶의 질과 활동력을 향상시키는 데 도움이 됩니다.

8. 활동력이 감소하면서 발톱이 길어지고 발바닥 패드를 파고드는 경우가 있으므로 자주 확인해줍니다.

9. 소변 실수를 하는 경우 비뇨기 계통의 결석이나 방광염, 신부전일 수 있으므로 진찰을 받아봅니다.

10. 산책 시 기침을 하는 경우 심혈관계 이상일 수 있습니다. 실제로 많은 노령견이 심장판막 폐쇄 부전증으로 인한 고혈압으로 투병중입니다. 이와 같은 상황에서는 산소를 포함한 혈액을 전신에 공급하기 위한 능력이 저하되므로 쉽게 지칠 수 있습니다.

11. 구취가 심한 경우 심한 치석이나 구내염, 신부전을 의심해볼 수 있습니다. 치석에 의한 구취는 스케일링이 필요합니다.

12. 뇌가 퇴화하면서 치매 증상이 나타나면 밤에 잠을 잘 못 자거나 벽을 응시하거나 외출해서 돌아오는 보호자를 반기지 않고 산책 시에 보호자를 잘 못 알아볼 수 있습니다. 이런 경우 반려견 전용 치매약을 먹여볼 수 있으므로 동물병원 진료를 받도록 합니다.

처음 만난 날

재구가 형이고 홍구가 동생인듯 (내생각)

이름은 재구와 홍구라고 지었다.

엄마한테 혼남ㅋ

매미가 새 동생들을 보고 놀라서 방충망을 찢었다 ㅋㅋ

일주일째

지네 물림TT

조그만 사고에도 심장이 벌렁벌렁 뛰곤 한다.

얌전한 홍구

재구가 가죽끈을 삼켰다. 강아지 키우는 건 생각보다 무섭고 불안한 일들이 많다.

털색이 바뀌고 있다.

이게 가능한가?

홍구가 애매하게 때가 탄 아이보리 색이 되어간다.

이러다가 하얘지는 거 아닌가 모르겠네.

구들이 든든해졌다.

든든해져서인지 돌담을 무너뜨리고 집을 나갔다.

속 터짐

207

알바로 모아둔 돈을 다 써버렸다.

텅장

매미가 아팠다.
병원비가 엄청나게 많이 나왔다.

눈치 보는
표정 ㅋㅋㅋ

책임

강아지 키우는 건
시간이 지날수록 더 힘들어진다.

우리 집의
최고 화젯거리

그래도 온 가족이 이 녀석들 때문에
즐겁게 웃는다.

가족들 대화가
진짜 많아진듯

그리고 지금

대가족 ㅋㅋㅋ

♥ 우리 집 가족사진 ♥

덕분에 할 일이 많지만
지금이 최고로 행복한 듯!

8년이라는 시간이
흐른 만큼

바보

예왼

작았던 구들은
큰 멍멍이가 되었고

애정은 쌓이고 쌓여서 1년째에는
1년의 기억을 더한 애정이,

지금에 와서는 8년만큼의
기억을 더한 애정이 있습니다.

앞으로 같이 보내게 될 시간은
또 더 큰 애정을 만들어주겠지요.

힘들고 지치는 일도
분명히 있겠지만

넌 개 거야!
넌 개 거야!
개 거라고!

악!!!!

그 이상의 행복을 선물 받았으니까
괜찮을 겁니다.

그저 아프지 말고 오래오래
행복해주기를 바랍니다.

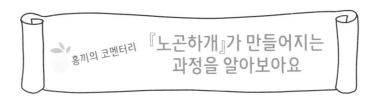

1. 소재 찾기

스토리를 기획하기에 앞서 쓸 만한 소재를 찾아야 합니다.

소재가 될 멍냥이들을 주시해봅시다.

언제쯤 재미난 행동을 보여주는 걸까.

......

3시간 후

자는 것밖에 하는 게 없냐고~!!

쿨~...

집사보다 게으른 멍냥이들이었습니다.

나오지 않는 소재 찾기에
지쳐 있던 집사.

그냥 산책이나
갈까…?

그렇게 산책을
다녀왔더니

헥 헥
헥

밖에 나갔다 온 재구의
발 냄새를 맡은 줍줍이가

낑…

재구에게 화를 내기
시작했습니다.

소재다…!
소재야…!!!

3. 주제 정하기

소재를 발견했으니 주제를 정합니다.

음…
주제는 줍줍이의 이중인격이다!

얠

?? 줍줍이 관심받으러 왔어?

딱!

이것도 이중인격 소재에 넣어버려야지…

4. 같은 주제의 소재 모으기

5. 스토리 흐름 정하기

비슷한 소재를 모두 찾았으니 생각나는 대로 글을 써보는 거야.

나중에 정리할 거니까 지금은 아무렇게나 써 내려가도 아무 상관 없지!

고양이의 이중인격

자기 발을 깨무는 행동

기분 좋아 보이다가 돌변하는 모습

그렇게 마음껏 써 내려간 글을 다시 한번 읽어보며 스토리의 순서를 정리합니다.

고양이는 미스터리한 생명체
-> 줍줍이 안의 세 마리 고양이
줍줍이의 별명도 여러 개
좁좁이 줍줍이 붑붑이
쓰다듬어달라고 했지만
막상 쓰다듬으면 화를 내는 줍줍이

타닥

탁

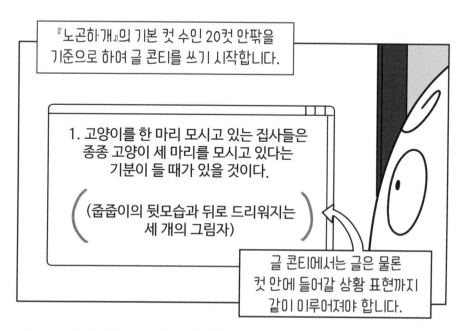

『노곤하개』의 기본 컷 수인 20컷 안팎을 기준으로 하여 글 콘티를 쓰기 시작합니다.

1. 고양이를 한 마리 모시고 있는 집사들은 종종 고양이 세 마리를 모시고 있다는 기분이 들 때가 있을 것이다.

(줍줍이의 뒷모습과 뒤로 드리워지는 세 개의 그림자)

글 콘티에서는 글은 물론 컷 안에 들어갈 상황 표현까지 같이 이루어져야 합니다.

1. 고양이를 한 마리 모시고 있는 집사들은 종종 고양이 세 마리를 모시고 있다는 기분이 들 때가 있을 것이다.
(줍줍이의 뒷모습과 뒤로 드리워지는 세 개의 그림자)

2. 이는 고양이가 미스터리한 생명체이기 때문인데

줍줍이 안에도 세 마리의 고양이가 있다.
(손으로 3을 표현하고 있는 무서운 표정의 줍줍이)

컷 수

3. 줍줍이, 줍줍이, 붐…
(세 별명과 맞는 그림의 줍줍이…

타닥 타닥

20컷에 맞춰 분량이 너무 적거나 많지 않게 모두 써내면 글 콘티 완성!

7. 글 콘티 옮기기

작업 방식은 작가들마다 조금씩 다르지만

저는 대사와 연출을 콘티 단계에서 모두 정확하게 확인하고 가는 편입니다.

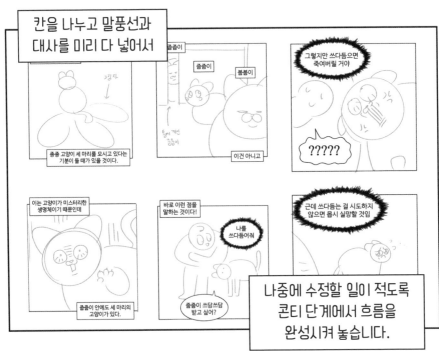

칸을 나누고 말풍선과 대사를 미리 다 넣어서

종종 고양이 세 마리를 모시고 있다는 기분이 들 때가 있을 것이다.

이는 고양이가 미스터리한 생명체이기 때문인데

졸졸이 안에도 세 마리의 고양이가 있다.

졸졸이

졸졸이

봄봄이

이건 아니고

바로 이런 점을 말하는 것이다!

나를 쓰다듬어줘

졸졸이 쓰담쓰담 받고 싶어?

그렇지만 쓰다듬으면 죽여버릴 거야

?????

근데 쓰다듬는 걸 시도하지 않으면 몹시 실망할 것임

나중에 수정할 일이 적도록 콘티 단계에서 흐름을 완성시켜 놓습니다.

클립 스튜디오나 포토샵을 사용하여 완성된 콘티에 스케치를 시작합니다.

추가할 대사가 있다면 추가해줍니다.

대사를 추가해서 이 부분에 넣으면 더 좋겠는데?

스케치를 하면서 강조가 필요한 부분은 더해주고

콘티에서는 괜찮았는데 막상 스케치해보니 별로네.

여기는 줍줍이를 좀 더 악랄하게 그려야겠다.

콘티를 잘 완성시켜도 스케치를 하다가 원고가 수정되는 경우도 있어요!

9. 그림 작업하기

스케치 레이어
투명도를 낮춘 뒤

그 위로 펜 선 레이어를 만들어
펜 선을 예쁘게 따줍니다.

이때가 손목과 목이
가장 아플 때죠…

중간중간 스트레칭을
잊지 말고 해줘야
목과 손목 통증에 시달리지
않을 수 있어요.

컷마다 필요한 효과를 집어넣어줍니다.

여기는 빛을 넣어 주는 게 좋겠다.

여긴 집중선을 강하게!

쿠쿵!

효과음도 넣어줘야지.

필요에 따라서 포토샵을 이용해

모션 블러 효과

쿠쿵!

다양한 효과를 더해주기도 합니다.

컷툰   001   002

003   004   005

마지막으로 웹에 올릴 수 있게 편집하면 끝!

12. 작업 끝

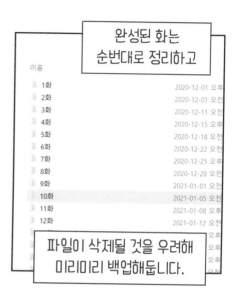

 ⑪

글·그림 | 홍끼

초판 1쇄 인쇄일 2021년 11월 5일
초판 1쇄 발행일 2021년 11월 11일

발행인 | 한상준
편집 | 김민정·강탁준·손지원·송승민·최정휴
자문 | 한준근(분당 펫토피아동물병원 원장)
디자인 | 김경희
마케팅 | 주영상·정수림
관리 | 양은진
제작 | 제이오

발행처 | 비아북(ViaBook Publisher)
출판등록 | 제313-2007-218호(2007년 11월 2일)
주소 | 서울시 마포구 월드컵북로 6길 97(연남동 567-40 2층)
전화 | 02-334-6123 전자우편 | crm@viabook.kr
홈페이지 | viabook.kr

ⓒ 홍끼, 2021
ISBN 979-11-91019-58-2 03810